포레스트 웨일 공동 작가

햇빛이 뜨겁다
여름이 왔다

노호영 | 신디김채림(수풀) | H. | 꿈꾸는쟁이 | 혈앵무 | 반한별
검정양말 | 박지환 | 한민진 | 김유진 | 문소연 | 김윤지 | 정예은
희열 | 뮬럿 | 박미나 | 노기연 | 유창민 | 미소 | 윤현정 | 지연 | 사랑의 빛

FOREST
WHALE

차례

필명　　　　**여름**　　　　　　　**페이지**

파랑성

눈을 감으면 여전히 들려오는 소리에
나도 모르게 상상하게 돼.

바닷물 속으로 들어가 첨벙이는
발에는 작은 포말들이 생겼다 사라져.

맑게 웃는 너의 미소까지도 생각이나.

지금, 이 순간에만 느낄 수 있는

물결 소리에 아지랑이 피는 이 계절을

나는 사랑하게 될 거 같아.

여름빛

샛노란 여름빛을 아는가.

뜨거운 햇빛에 녹아가는 레모네이드,
나만 바라보는 해바라기,
뜨겁게 타다 지는 노란빛 태양까지도.

내가 여름을 기다리는 이유.

그해 여름

그때의 시간이 좋았고
우리가 함께여서 좋았던 그때

너를 너로서 보았고
너의 진심을 알았던 그때

나는 네가 좋았고
나는 너의 그대로의 모습이 예뻤던 그때

시간을 돌려

다시 그때로 돌아간다 해도

나의 선택은 너야.

소나기

잠시 꿈을 꾸었다
이제는 다시 꿈을 꿀 수 없을 것만 같았다.

한여름 소나기같이
잠시 머물렀다 가버린 그대

언젠가 시간이 많이 흘러
우리가 서로의 기억 속에서
희미하게나마 남아있을 때.

아련히 먼 기억을 끄집어내어

그래, 그때 그런 네가 있었지?

하고 떠올리며 미소 지을 수 있기를

누리달

햇볕 따가운 날

여름의 시작을 말해주는 듯
없는 맑은 하늘이
푸른 바다처럼 평화롭구나

나뭇잎은 초록이 짙어지고
코끝에 풀잎 향이 진하게 드리울 때

햇볕에 그은 얼굴에

송골송골 맺힌

시원한 바람이 스치듯 달래준다.

밤바다를 누빈 고래

구름이 닿을 것만 같은 기분이
마치 달콤함. 가득 채워진 밤하늘을
너에게 주고 싶네
들리니 밤바다의 내 마음이,
넘실대는 파도와 달빛을 찢은
그대의 환한 미소
수평선 위로 치솟아 올라
날 반기며 인사를 건넨다.

꿈에서라도 보고 싶은 너

바다 비가 내리는 날

말없이 그저

하나의 깊은 바다를 보고만

있어도

왜 인지

꿈을 꾸듯

포근하다

같은 곳의 다른 시선

그대 나를 어떻다고 여기실까...

새벽 별빛 손짓을 따라

별들을 이어

하늘에서 퍼져 나가

별길이 되어 주었다

잠깐 동안

그, 눈망울을 보고 있자면

내 몸이 반응하는 걸

느껴진대도 이젠 두 손을

놓을 수밖에 없었던 시간이 되었다.

지워지지 않는 님...

아무 생각 없이
지나치던 것들이
하늘 끝에 내리는 눈물비로
맺어진 인연이었다
청량한 물소리가 울려
웅장하게 공간을
둘러싸인다
쉼 없이 흐르는 폭포를 바라보며
안개 속으로 다가가
너의 목소리 찾아
해맨다.

Dear. My summer

다시 또 여름이야. 너의 이름처럼.

너의 이름이 특이해서 너를 처음 만났을 때,
나의 시선은 계속해서 네게 머물러 있었지.

그러다가 눈이 마주쳤을 때는
심장이 덜컥 내려앉는 기분이었어.

너의 이름은 여름인데
웃을 때는 봄처럼 퍽 싱그러웠고,
울 때는 가을처럼 꽤 눅눅했고,

이별을 말할 때는 겨울처럼 차가웠어.

그래, 너는 나에게 사계절이야.
나의 모든 계절은 너였어.

여름 향기가 코끝을 두들길 때면,
무얼 하든지 하던 일을 멈추고
네 생각에 잠겨.

여름 향기를 처음 맡은 날에는
유독 아무 일도 하지 못했어.

네가 그랬잖아.
너와 함께하면 평생이 여름이라고.

지금도 다가올 여름을 생각하니
올해는 유독 네 생각에 많이 잠길 것 같아.

햇빛이 뜨겁다 여름이 왔다

비가 많이 오더라도
네 생각은 쓸리지 않는 이유가 뭘까.

이정하 시인님의 글인
'잠겨 죽어도 좋으니 너는 물처럼 내게 밀려오라.'
라는 글의 의미를 조금은 알 것 같아.

잠겨 죽어도 좋으니 다시 한번 우연이라도 마주치
고 싶어.

영원한 여름 속에서 죽어간대도 좋아.
우리라면.

그런 여름날들

여러분은 이번 여름을 어떻게 보내고 싶은가요?
여름날의 식지 않는 열기처럼 보내고 싶으세요

아니면 뜨거운 햇빛보다는 시원한 에어컨 바람 같
은 여름을 보내고 싶으세요

어떤 여름을 보내든 그건 여러분의 선택이고, 자유
일 거예요.

더위에 지치더라도 하루에 한 번쯤은 웃으면서
건강하게 보내는 그런 여름날들이었으면 좋겠어요.

이번 여름은

지난 몇 해 동안 그토록 다시 만나고 싶었던
사람을 다시 만난 건
마치 한여름 밤의 꿈 같은 일이야

꽂혀버린 노래를 매일 무한 반복 재생해서 듣듯이~
초여름 날씨 같았던 다시 만났던 그날을 곱씹으며
기억하고 떠올리면서 이 더운 여름을 즐기면서 이
겨낼 것이고,
날이 너무 더워 지치고 짜증이 나도 여름의 열기만
큼 행복한 추억 가득 담아두었으니

이번 여름만큼은

하루하루를 그 누구보다도 행복하게 보낼 거다.

혼잣말

네, 잘 찾아오셨습니다. 오늘 초진이군요. 일단은, 수고하셨다는 말로 시작하겠습니다. 이 자리에 오셨다는 것 자체가 환자분께는 크고 힘겨운 결정이었다는 것을 몸소 겪어보아 알고 있으니까요. 여기 오신 분들의 증상은 전부 다르지만, 원인은 똑같습니다. 이제 천천히 관련 사례를 들려드릴게요. 이게 환자분에게 도움이 될 겁니다.

사철 없는 사랑이라고들 하지만 사랑하기 더 쉬운 계절은 있습니다. 계절이란 것이 원래에 그 절취선이 모호하긴 하나, 그렇기에 다분히 사적인 계절을 하나씩 가질 수 있고 자아를 잃을 만큼의 독특한 증상이 있는 거랍니다. 벚꽃을 보니까, 첫눈이 온다니까. 우리는 이런 식의 첫 구절을 나누어 먹고, 그것은 곧 개인의 호흡으로부터 촉발되어 다양한 모습으로 재생성 됩니다. 그저 다시 써보자면, 우리는 유독 사랑하고 싶은 계절을 하나씩 타고났다는 뜻입니다. 우리들은 그 계절에 당도하면 과도하게 들뜨거나, 수용 불가능한 무게의 우울에 짓눌리는 식으로 일종의 알레르기를 겪습니다. 그것을 헤쳐 나가는 것은 또 온전한 개인의 몫이기 때문에 얼마간 서로는 서로에게 도움이 되지 않을 법하게 느껴지더라, 하는 내용까지 들려드리면 일단 환자분께서 떠올리는 상대에 대한 원망은 내려놓으실 수 있지 않으실까요. 아무튼, 계속해 보겠습니다.

아시다시피 저도 환자였습니다. 병원 소개에 쓰여 있었으니 알고 계셨겠지만요. 제가 배당받은 계절은 여름이었습니다. 그 여름이 언제부터 시작된다고 말하기는 어렵습니다. 대비할 시간이 없었다는 말과 다르지 않겠습니다. 그저 한참을 시달리다 문득 돌아보면, 여름이로구나, 하고 깨달았던 게 전부입니다. 저는 도대체 언제 진입한 것인지도 모르는 여름이 되면 쉽사리 외로워하고, 사랑을 하고 싶어 하고, 그러다가 우울해지면 불현듯 우는 식의 나날을 보냈습니다. 운 만큼의 마음이 비면 무엇이든 애착하려고 들었습니다. 가리지 않고 끌어안았습니다. 이런 것들은 대체로 후회를 동반합니다. 휩쓸려 시작해 버리는 애정은 큰 실수로 돌아오는 경우가 잦으니까요. 그러니 날이 좀 더워진다 싶을 때부터의 저는 잔뜩 긴장을 시작합니다. 삶에 대한 경계를 짊어진 채 날이 서 있어요. 어쩌다 사랑하지 말아야지, 사랑은 하지 말아야지. 이런 말들을 의식의 얕은 곳에 심어두고 자주 꺼내봅니다. 눈에 보여야 잊지 않으니 결국은 적어두는 습관이 생긴 사람들이 있지 않습니까. 제가 그런 사람이 됩니다. 저는 이런 행동 양상을 명명하고 분류할 방법을 찾다가 결국은 흔히 쓰는 '여름 병'이라는 단어에 집어넣었습니다. 하니까 제게 여름이란 사랑을 하고 싶고, 외롭고, 그러다 실수하고 아프고 우는, 질병의 계절이라는 뜻입니다. 누구라도 상관없으니 열애하고 싶은 마음 따위가 피어나는 우울한 계절. 저의 여름은 이런 모양새입니다. 그러니 제가 그를 사랑해 버린 그 여름을 재앙으로 기억하고 있는 것입니다.

우리는 하필 여름에 만났지요. 더위로 익은 폐부 때문에 차마 잠들 수 없는 불면 속 이따금 돌이켜볼 만한 언어를 나누고 말았고요. 뇌를 감싸안은 얄팍한 의식의 껍데기를 뚫고, 말랑한 분홍빛 살덩이 안에 그가 자리한 것도 모르고, 저는 그렇게 즐거워했습니다. 폭염이 시작되고 나서야 내가 핸드폰을 붙잡고 있는 이유도, 책을 읽다 말고 생각이 붕 떠버리는 원인도, 폭우 속 불안에 몸부림친 사유도 그 사람이란 걸 깨달았습니다. 여름 병을 철거할 수 있는 초기 과정은 이미 지나버렸다는 것도 사랑을 자각하기가 무섭게 알아챘습니다. 망연자실하여, 이번 여름은 완전히 망했다는 구절로 시작되는 글을 수천 개는 더 쓸 수 있다는 사실을 인정하고 말았습니다.

제가 겪은 증상은 이렇습니다. 첫째로는 집중력 감퇴. 문서를 작성하거나 어떤 공식을 풀어나가는 일에서는 물론이거니와 점심을 먹고 있어도 음식의 맛에 초점을 둘 수 없는 일이 벌어지고는 했습니다. 많은 활자를 읽어서 삼켜야 한다던가, 하는 상황에 접해지면 말 그대로 끙끙 앓아야 할 정도로 집중력이 떨어집니다. 요즘 말로는 '멀티'라고 하던가요. 사실 멀티라는 게 쉽게 되는 일이 아닌 거 아시지요. 설명할 필요도 없겠습니다. 어쨌든, 안 그래도 어려운 멀티라는 개념을 저는 모든 시간에 적용해야 했습니다. 살아가며 해야 하는 일들을 겪는 순간에도 그의 생각을 해야만 했으니까요. 그러니까 이런 겁니다. 기초적으로 상대에 대한 감정들을 내부에서 계속 작동시키며 다른 일들을 해야만 하는 거죠. 그러면 당연하게도 마땅히 쏟아야 할 집중력은 분배가 되어버리고 해야 할 일을 어려워하게 됩니다. 단순히 설명하자면 일상을 보내면서도 그를 떠올리고 생각하고 염려한다는 겁니다. 아무래도 물을 틀어놓고 나온 것 같을 때의 기분과 비슷하다고 할 수 있겠어요. 여름에는 더 힘든 일입니다. 수시로 땀을 훔쳐야 하고, 눌어붙은 티셔츠를 붙잡고 펄럭여야 하는 일까지 해야 하는 바쁜 때니까요.

두 번째로는 과열, 그리고 거기서부터 시작된 두근거림. 따지고 보면 첫 번째 증상과 자연스럽게 연계되는 부분인데요. 쉬어야 할 머리가 끊이지 않고 돌아가니 너무 오랜 시간 가동한 엔진처럼 과열이 되고, 그에 대한 방어기제로 심장 박동이 비약적으로 증가하여 욱신거리는 고통을 경험하게 되었습니다. 이런 건 잠들기 전에 곧잘 나타나지만요, 핸드폰의 문자 알림음을 들으면 일순 폭발해 버리기도 한답니다. 그때 느끼는 감각의 원인은 '기대' 때문이라고 할 수 있겠네요. 혹시 그의 답장일까? 그가 무슨 말을 했을까? 그와 또 무슨 대화를 할 수 있을까? 이런 생각들이 그 기대라는 것입니다. 잘 알고 계시겠지만 세상은 물리법칙 때문에 어떤 하나의 존재 밑에 그와 정반대의 기질을 가진 무언가가 생기기 마련입니다. 그 기대라는 것의 아래에는 '실망'이라는 게 있었어요. 연락의 주인이 그가 아니거나 그 내용이 지나치게 사무적일 경우, 바빠서 이만 들어가 보아야 한다는 문장을 읽게 되는 순간 저는 실망하고는 했습니다. 서운하기도 하고, 기대한 스스로가 한심하기도 하죠. 울음을 꾹 참아야 하는 때도 있었답니다. 아, 물론 상대의 연락 내용은 저희가 어떻게 할 수 있는 영역이 아니니까요. 그래도 한 가지 조언을 드리자면, 연락을 기다리는 그의 문자 알림음만 변경해 보는 건 어떨까요. 다른 사람들과는 차별적인 것으로요. 그러면, 소리만 들어도 그의 연락이라는 걸 알 수 있으니까요. 통상의 알림음을 듣고 '혹시나' 하며 후다닥 핸드폰을 부여잡는 일은 없어질 수 있습니다. 다만, 그 특정 알림을 들었을 때 깜짝 놀라며 심장이 터져버릴 것 같은 감각에 사로잡히는 부작용이 생길 수는 있어요. 추가로

이 증상은 여름의 더위와 맞물리게 되면 지금의 내가 느끼는 게 병의 일환인지 아니면 단순히 더위가 무거워 이러는 것인지 구분하기가 영 힘들기 때문에, 잘못하면 오래 방치해 버릴 수도 있으니 주의하셔야 합니다.

세 번째로는 기다림입니다. 이 또한 두 번째 증상이 나타나면 자연스레 따라붙는 겁니다. 이제쯤 눈치를 채셨을 겁니다. 모든 증상은 긴밀하게 얽혀있다는 사실을 말이죠. 저는 여름 더위를 먹어가며 그를 기다리고는 했습니다. 놀이터에서 친구를 기다리는 아이처럼요. 이름도 모르는 옆 동네 그 애가 와서 놀아주기를 바라는 겁니다. 놀이터에서 가장 높은 구조물의 꼭대기에 앉아 그 애가 어느 방향으로 걸어 올까 바라보고만 있는 것 같은 기분. 광막한 밤이 되어버리면 다 포기하고 집으로 돌아갈 법하지만, 아시다시피 여름이란 게 낮이 워낙에 길고 시종일관 밝다 보니 시간에 대한 인지가 흐려지기 마련 아닌가요. 그리하여 저는 비이상적일 정도로 오랜 한낮에 머무르며 기다리고, 또 기다려 보는 것입니다.

제가 가졌던 증상들은 여기까지만 설명하겠습니다. 더 늘어놓을 필요가 없기도 하고, 우습고 낯 뜨거운 것들도 참 많으니까요. 바로 병의 말기에 대해 알려드릴게요. 내내 사랑해 버린 우리가 당면할 결말을요.

저는 여름이 끝나기만을 바랐습니다. 이 계절병이 지나가면 마음을 접고 다시 원래의 나를 찾겠지, 했었어요. 그를 사랑해 버린 게, 마치 여름 병의 폐해인 것처럼요. 이 여름이 끝나면 나는 그를 연상하느라 놓친 삶을 다시 살아가고, 모자란 숨을 다 채울 정도로 쉬고, 더 어느 것도 기다리지 않게 될 거라고 믿었습니다. 보통 우리들은 시간이 약이라고 하니, 같은 원리로 여름이 지나면 되는 거 아니겠나, 하면서요. 하지만 아무리 시간이 지나도 여름이 끝나지 않는 겁니다. 나는 낙엽을 주웠고 붕어빵을 사 먹었는데도, 카디건을 꺼냈고 입으로 후 불어서 공중으로 호흡의 증거를 내뿜는 일을 했는데도. 여름이었습니다. 나 하나 있는 곳만 만연하게 여름이었습니다. 사방을 둘러보아도, 다시 생각해 보아도 나에게는 다른 계절이 돌아온 적이 없었어요. 덜컥 겁을 먹고 달아나려 뛰고 또 뛰어보아도 이 여름의 첨단을 볼 수가 없었습니다. 나는 아직 괜찮지 않으니 당연지사 여름이라고 느꼈는데, 할로윈과 크리스마스를 준비하고 내년 벚꽃 여행의 계획을 짜는 사람들이 생기니 이 부조화를 견디지 못하였고, 그러다 돌연, 제가 여름 병 말기라는 것을 알아차렸습니다. 네, 맞습니다. 이게 마지막 증상입니다. 여름의 사계화.

봄도, 여름은 원래 가진 이름을 그대로, 가을과 겨울도 전부 여름으로 치환됩니다. 여전히 그를 생각하기 때문에. 일상에서 그를 찾기 때문에. 연락이 설레기 때문에. 섣불리 기대하고 실망하면서도 기다리고 있기 때문에. 여름 병이 그치지 않기 때문에. 생존 자체가 여름을 타버리기 시작한다고. 이것은 필시 가짜 여름일 것이다, 해봐도 사실은 잘 압니다. 그는 한 철 여름 감기가 아니었다는 거. 그는 겪는 순간 여름을 빠져나갈 수 없게 되는 불치의 무언가라는 거. 나의 여름이, 질병의 계절이 아니라 사랑의 계절이 되어버렸다는 거. 그리하여 나는 영영 여름 안에서 살아갈 수밖에 없다는 거. 결국은 무릎을 끌어안고 적도를 입에 담고 열사를 견뎌내며 인정하게 됩니다.

나의 사계가 당신이야.

당신은 내 여름 병이야. 가장 단란하고 자그마한 형태로 나의 자아에 침입한 더위야. 무심한 말투의 한마디로 설레는 바람에 잠들 수 없게 만드는 나의 열대야가 당신이야. 당신은 얼굴이 벌겋게 타오르는 열사를 불러내. 당신한테 하고 싶은 말 중에 가장 나은 것을 고르려고 애쓰다 말라버리는 혓바닥은 여름의 탈수 증세. 무더위를 피해 보겠답시고 눈을 돌려 에어컨 밑에 숨어버리면 되레 냉방병을 앓게 돼.

다시 당신에게 돌아가야만 하게끔, 자연스레 불어오는 당신의 입김 아니면 어지럽게끔 나를 놀리고. 여름이 싫다는 사람들에게 조심스럽게, 그런데 있잖아요, 나는, 여름이 좋아요, 하면서 계절을 변호하는 말을 하게 만든 당신이 내 여름 병이야. 당신 때문에 나의 계절은 하나가 되어버렸어. 알겠어? 혹시 알고 있어?

나의 여름을 함께 해줘. 더위를 핑계로 안부를 물어줘. 걱정된다며 머리칼을 쓸어 올린 다음에 이마에 손을 대어 온도를 확인해 줘. 더워서 잠이 안 올 때 나를 찾아줘. 답답하니 바다를 보러 갈까? 장마가 번거로우니 우리 조금 더 오래 같이 있을까? 아직 빛이 한창이니 한 바퀴만 더 돌까? 우리, 내년의 새 여름은 또 어떤 온도로 신기록을 세울지 두고 볼까? 그러면서 우리, 한층 더 더워지지 않을래?

사랑한다는 뜻이야.

너를 처음 만난 그 계절의 그 감정 그대로, 여전하게, 사랑한다는 뜻이야.

인정하고 소리 내면 편해질 겁니다. 좋아해. 사랑해. 많이 머뭇거려도, 늦어져도, 발음이 뭉그러져도 괜찮습니다. 일단 뱉어내는 게 중요합니다. 끊어서 말해도 좋습니다. 사랑해, 사랑, 해. 사, 랑, 해. 환자분이 어떤 계절에 머무르게 되는가, 하는 문제는 아무렴 상관없습니다. 그 계절을 그저 살아갈 뿐인 것이 중요합니다. 살아가야 사랑을 할 수 있으니까요. 심호흡하세요. 병의 진단을 내리세요. 설레도 됩니다. 울어도 됩니다. 그러면서 받아들이세요. 이것은 나의 계절. 여름은 나의 계절. 여름의 맛, 여름의 냄새, 여름의 온도와 습도부터 하며 그 어떤 맹렬함도 결국은 나의 일부가 될 거라는 것을 고통스러워하지 마세요. 이제 아셨죠?

사랑하고 계신 거예요.

이제 제가 들려드릴 말은 끝이 나버린 것 같습니다. 별도의 처방은 없습니다. 남이 써 준 처방전은 크게 도움이 되지 않는 때라서요.

내 몸은 내가 잘 알아, 라는 말 들어보셨죠? 그 말이 맞아요. 환자분이 환자분을 가장 잘 알 테니까. 할 수 있어요. 늘 사랑하기 더 쉬운 계절인 여름이 지속되어 당신을, 그대를, 너를 사랑하는 게 너무나도 익숙해지고 몇 번을 더 사랑에 빠지게 되더라도 여름 병을 충분히 맛보도록 하세요.

이만하면 됐습니다. 진료를 마치겠습니다. 마음속에 있어야 할 소리를 꺼내 들으니 지치셨겠다고 생각합니다. 일단 물부터 마시고, 스트레칭도 하고 일어나세요. 집으로 돌아가시는 길에 예쁜 일기장 하나 사시는 것도 괜찮겠습니다. 기록은 늘 도움이 되니까요. 조심히 들어가세요. 무언가 더 필요한 게 있다면 또 문을 두드려 주시고요.

참, 환자분 성함이 뭐였죠? 애초에 제가 묻지 않았나요? 대답하지 않으셔도 됩니다. 작성하신 질문지에서 확인할게요. 어디 보자. 아, 신기한 일이네. 저랑 이름이 똑같네요. 흔한 이름이 아닌데.

진료실 들어오실 때부터 나랑 꽤 닮았다, 생각했는데 이름까지 겹치다니 신기한 일이에요. 별 건 아니지만.

잘 가요. 모쪼록 상처 입지만 마시고요.

여름은 이제 그만

햇빛에 무심코 눈을 찡그리면
햇빛은 장마를 데리고 올까요

잔뜩 눈물을 쏟아내면 그 후엔
여름이 기다렸다는 듯이 다시 올까요

내 옆에 햇볕이 감돌지 않으면
혹여 여름이 도망갈까

찡그린 채로 젖은 눈을 한껏 웃어 보일 테니

여름은 이제 그만

나에게로 오세요.

그림자의 계절

햇빛이 뜨겁다는 핑계로
너의 그림자 안에 들어갈 때면

꼭 하나로 맞물린 존재가 된 것 같아서.
네가 뒤를 돌고 있을 땐 같은 자세로
그림자를 맞춰보기도 했다.

내겐 햇빛이 뜨겁다는 핑계를 부릴 수 있는
여름만이 계절이었다.

당신과 당신의 그림자만을 사랑한 낮.

여름은 내게로 왔다.

햇빛이 뜨겁다 여름이 왔다

#115.1 집 가는 길

퇴근길 저기 저 햇빛이 뜨거워

익어가는 듯한 나를 식히려

메가커피에서

아이스 허니 와앙슈를 사 먹었다.

일상에서 이렇게도 소소한, 아니 행복을 찾으려는 것은

아직 이보다 더 확실한 방법을

찾지 못했기 때문이다.

#184 #144.1 육감(六感)

하늘색 파란에 당신과 함께

해안도로 바닷소리에 눈과 걸음 맞추어

한 여름밤 두 손 꼭 잡고

좋은 냄새, 아니 너의 냄새가 좋다는 칭찬 한마디와

복숭아 입술과 우리는 다음날

아침을 앞으로 당겨와, 조금 더 오랜 밤 서로를 마

주했다.

#185 버스

금요일 오후, 노을이 강물을 비추는 동안
185번 버스를 타고 여주대교를 건너면
가끔 떠올리는 그 추억에 다녀올 수 있어요.

지금 떠올려도 참 마음이 좀 그래지는
그때 사랑했던 그 사람과
더운 날에도 손 꼭 잡고
여름밤 청계천 길을 걷던 그 순간
나는 잠시,
아주 잠시 그곳에 다녀올래요.

그대야, 너무 몰입하지만 말아요.

떠나간 그 추억에서

추억에서 너무 늦게 돌아오면

떠나기 전에 심은 여기 이 꽃이 다 져 있을 테니

여름 발굴

겨울이 겨울을 밀어내고
겨울이 겨울을 삼키는 계절
한없이 끝이 유예되는 생활이 있을 뿐

날아오르리라 예언되었던
부엉이의 퇴화한 날개
지혜로운 너는 부엉이의 눈을 가지고 있다

사랑은 그런 생활을 부수고
가상의 계절에 돌입하는 작업

그러나 사랑하는 것이 유달리 많았던 너는
단지 미래를 바라보는 것만으로는 부족했나보다
가장 추웠던 어느 날
사람이 언어를 갖기 이전의 계절을 발굴하겠다며
돌연 모두 그만두고 떠나갔으니

지나간 것에 무용한 마음을 섞는 일이
대체 무슨 소용인가, 생각했지만
나는 이상할 만큼 자주 상상하게 되었다
은유로 이루어진 계절의 장면들 사이에 너를 포개
놓고서야
나는 비로소 여름을 여름이라고 부를 수 있게 되었다

그 여름은 무엇으로 구성되어 있을까
말 대신 춤으로 이야기하는 정열이 있나
녹은 마음으로 출렁이는 바다가 있나
고온에 일그러진 미래의 청춘을 떠다니는 네가 있나
너 역시 그곳에서 이름이 퇴화하고 있나

그렇지, 이름을 잃는 것은 좋은 일이다
사랑에게서 이탈하여 사랑으로 귀환할 수 있으니
귀환과 이탈은 추상으로 귀결된다
계절이 무섭도록 빠르게 움직인다

나는 곧 실종되기로 결심한다
누구도 나를 찾을 필요는 없을 것이다

생활이 진행된다
여름이 흘러들어온다

내가 상상하던 것과 아주 다른 계절이었다.

여름의 기울기와 방향

먼 곳에 다녀와 다시 먼 곳으로 가는 길
언제나 여름이 따라왔기에
우리는 전철역에 가기로 한다

최초의 계절을 모르겠다면
최후의 계절이라도 알아야겠다는 심산으로
가장 먼저 도착하는 열차를 타기로 한다
그리고 영영 내리지 않기로 한다

윤기를 잃은 초록 잎

햇빛은 좁게 모이고

그 아래 기억의 유적이 불타고 있다

남겨진 공간은 그늘지고 춥다

겨울이 오고 있는 걸까?

너는 전철역에 들어서며

나에게 물었던 적 있다

역 안이 조금 춥기는 했지만

지금은 틀림없는 여름이라고 답했다

너는 주변을 서성이다가

길어진 그림자를 발견하고는

여름이 끝나고 있다고 말했다

세상이 조금 기울기는 했지만

지금은 틀림없이 여름이라고 답했다.

초록 잎으로 뒤덮인 열차가 도착하고
나는 여전히 여름이라서
열차를 타지 않겠다고 말했다
초록과 빨강을 구분할 줄 알아야 해
그게 너의 마지막 말이었고
나는 결코 여름을 떨쳐낼 수는 없다고 소리쳤다
너는 답하지 않은 채 떠나갔다
열차가 밀어낸 공기가 차갑다

오랜 시간이 지나도
열차는 오지 않고
노선도에는 아무것도 적혀있지 않아서
다음 역이 어디인지 알 방법이 없다
너의 방향을 점쳐볼 수 없다.
그건 다음 계절도 마찬가지
최후 따위나 기다릴 때가 아니었고

문득 위를 올려다보면
천장을 뚫고 높아지고 있는 하늘
쏟아지는 단풍잎

가장 아름다운 날은
낡은 여름 이후라고 생각했을까
여름이 어디에 있는지도 모르면서
늘어진 선로를 보며 안도했을까

재가 된 유적을 파내는 중에도
플랫폼은 점점 길어지고 있었다.

절대 자유, 절대 마음

너와 집으로 돌아가는 길
공중의 진동을 느꼈고
그건 높이, 멀리 떠나간다는 울림

푸른색의 표지판
공항까지 백오십 미터
미래까지 백오십 미터

잠시 들러볼까
꼭 떠나자는 말은 아니지만

우리는 언제나 어딘가로부터 떠나와 있는 거라면

마른 입술은 이미 국경을 넘어가고 있다
마음에 쫓기다 못해

공항에 도착하면
우리는 늙은 아이가 되어있고
차례로 날아오르는 비행기
마음도 쫓을 만큼의 진동
심장 박동과 구분되지 않는다

일 년 전 실종되었던 연인의 전화
이제 와 자꾸 수신되어 오고
나 이제 곧 떠나요, 그래서 전화했던 거에요
그렇게 말한다

너는 마침내 미뤄두었던 최초에 도착했다고 말하며
벌겋게 물든 얼굴로 들뜬 미소를 짓고

여름의 한 단계 위가 있다면 이런 계절일까
그런 생각이 들만큼의 온도였다
그것은 정말로 유혹적이어서

우리는 공중에 머무르다가
착륙하고, 낯선 계절에 입수하고
젖은 옷을 갈아입지도 않은 채
처음 보는 해변 위에 누워
처음 듣는 언어로 이야기하며
이 기분을 결코 시로 쓰지 말자고 다짐하고
동시에 마음에서의 자유를 만끽하고
그런데 너무 더워, 왜 이렇게 덥지
너는 어디로 사라졌지, 상관없나

그나저나
이게 대체 무슨 계절이지

땀범벅이 되어있는 침대 위
마르지도 않은 옷을 갈아입지도 못하고

절대 자유, 이전의 절대 마음
보이지 않는 국경
그러므로 나는 사실에 추월당하고
마음에 마저 추월당한다.

여름이 돌아 왔다

여름이 지나간 지 얼마 되지도 않았는데
덥고 습하고 땀 뻘뻘 나오는 여름이 돌아왔다

1년 365일 사계절이 눈만 뜨면
금방 지나가니

덥고 습하고 꿉꿉한 여름이 돌아온 만큼
여름 잘 보내보자

여름에 먹을 음식

여러분들은 여름에 즐겨 먹는 음식이 있나요?

시원하고 얼음 둥둥 띄운 화채?

시원하고 얼얼한 아이스크림

시원하고 달달하고 톡 쏘는 탄산음료

땀을 흘리고 나면 마시는 이온 음료 등

다양한 음식이 많이 있지요

나에게 여름이란?

나에겐 여름이란
땀 뻘뻘 공짜 찜질방

나에겐 여름이란
시원한 음식을 즐기는 계절

나에겐 여름이란
감기 걸리기 쉬운 계절

나에겐 여름이란

덥고 습해도 비 오면 시원한 계절

한 여름 낮의 꿈

난 아직까지도 우리가 꿈이었나 생각해.
현실에 와닿지 않았던 그때 그 기억들이
전부 이젠 사라져 희미해져 가버려서
정말 한 여름 낮의 꿈 같은 느낌이라서
그냥 우리가 꿈이었구나, 하고 치부해 버려.
꿈 같은 사랑의 기억들은
깨고 나면 어쩐지 허전해서 와닿지 않아.
그래 우리는 그냥 꿈이었구나
단지 꿈처럼 소중했던 순간이었을 뿐이야
이어지지 않을 거야

아직도 가끔 당신을

저기, 혹시 저를 기억하세요? 그때도 지금처럼 아주 더웠잖아요. 저는 당신을 처음 만난 날을 잊을 수가 없어요. 창문 사이로 햇빛이 들어와 당신을 비추고, 포니테일 머리와 옅은 화장기의 얼굴을 한 어렸던 당신을 사실 아직도 떠올려요. 당신은 이미 나 같은 건 잊은 지 오래겠지만.

내 인생에서 결코 지울 수 없는 사람을 꼽을 때면 제일 먼저 당신을 떠올리는 건 어쩔 수 없나 봐요. 그만큼 당신은 아직도 내게 큰 영향을 미쳐요.

당신은 내게 꽤 많이 특별한 사람이었나 봐요. 만나지 않은 지 6년이 다 되어가는 지금까지도 당신은 내 꿈속에 나타나기도 하니까요. 당신의 생각을 한 것이 아닌데도, 내게 찾아와주는 이유는 무얼까요.

고민해 봤자 답이 나올 리 없죠. 결국엔 내가 마음속으로는 당신을 그리워하고 있다는 결론 밖에 나오지 않아요.

그래, 보고 싶다는 생각을 많이 했었어요. 아니 사실, 지금도 가끔 떠오를 때면 얼굴을 마주하고 이야기를 나누고 싶어요. 숨겨야만 했던 그 시절의 마음을, 지금이라면 넌지시 드러낼 수도 있지 않을까 싶기도 해요. 그렇지만 만날 수 없다는 것을 이젠 알아요. 나는 당신에게 다가서면 안 된다는 것도 알 만큼은 나이를 먹었으니까요. 여전히 아프지만, 아직도 쓰리지만 잊어야 한다는 것을, 잊지 않아선 안 된다는 것을, 더 이상 당신을 내 마음속에 소중히 간직해서는 안 된다는 것을, 아주 잘 알고 있어요.

날 스쳐간 그들

나에겐 여름만 되면 떠오르는 사람이 있다. 2년 전 쯤 만났던 사람으로, 같이 수영장을 가지는 못했지만, 우리 집에서 하룻밤 머물기도 하고, 그의 집 근처 24시간 카페에서 같이 시간을 보내기도 했던 사람이다. 날이 뜨거워지기 시작하면 어김없이 그가 생각난다. 그건 올해도 어김없었다.

특별한 계기가 있었던 건 아니다. 길거리에서 흔히 발견할 수 있는 아이스크림 할인점에서 그와 같이 먹었던 아이스크림을 발견했을 때나 길 가던 고양이를 보고 그와 같이 길에서 만났던 고양이를 떠올리는 등의 평범한 일화가 떠오를 뿐이다. 군인학교에 들어갈 준비를 하던 때 만났던 사람이라, 그 군인학교와 관련된 인스타 친구의 계정을 보거나 그 시절의 얘기를 꺼낼 때면 자연스럽게 떠오르는 것은 나도 어쩔 수가 없었다.

그렇다고 내가 그를 그리워하는 것은 전혀 아니다. 그와의 기억은 처음엔 좋았으나 끝으로 갈수록 파국이었으니까. 그저 그 시절의 나를 그리워하는 것으로 생각하고 싶다. 모든 것이 불안정하던 시절, 나를 더 불안정하게 만든 사람이니만큼, 또 그로 인해 여러 가지 문제가 생겨 날 힘들게 했던 사람이니까, 그가 엄청나게 행복하지는 않았으면 좋겠다고 생각하는 건 못된 심보려나.

이렇듯 나를 지나쳐 간 사람 중엔 불안정한 사람들이 대부분이었다. 한때는 그들의 우울을 내가 가져

오고 나의 행복을 그들에게 주고 싶었다. 치기 어린 사랑이 어긋난 사상을 가져왔던 거라는 걸 이제는 안다. 그리고 그들은 그럴 만한 사람도 아니었다고 생각하게 되었기도 했고. 나를 떠난 그들이 행복하기를, 그들의 또 다른 인연에 해를 끼치는 일은 없기를, 건강히 살아있기를 나는 오늘도 멀리서 흐릿하게 바라고 있다.

햇빛이 뜨겁다 여름이 왔다

기어코 여름이 왔습니다

기어코 여름이 왔습니다.

작년, 나의 시선이 닿는 곳은 미움으로 가득 찼던 기억이 납니다.

이미 스며들어 남아있는 행복은 외면하고, 새로운 행복만 갈구했던 어리석은 나였습니다. 지금 돌이켜보면, 그래도 행복했던 일이 참 많았는데 말이죠.

올해의 여름은 조금은 더 다듬어진 상태로 순간을 맞이할 계획입니다. 전소하지 않을 만큼의 솔직함과 애정을 갖고 눈길이 닿는 곳을 사랑하고자 합니다. 받는 것보다 주는 것에 열심히 했던 작년의 결과물은 전소 직전 마른 장작의 건조함이었기에, 오만함을 인정하고 적당한 열심과 애정으로 살아가겠습니다. 하지만, 열정 인간 문 작가는 또 앞뒤 안 보고 달리다가 전소 직전까지 가겠지요.

소나무처럼 한결같지 못하고, 돌처럼 우직하지 못한 저는 잔디 같은 사람입니다. 매일 밟히고 밟혀 죽네마네 해도 열심히 살아있기 때문입니다. 갑자기 자소서 같은 글이 되었습니다. 그냥 써보고 싶었습니다.

아침에 눈을 떴을 때, 공기의 색감과 분위기가 여름을 느끼게 하니 괜히 기분이 좋아 끄적이는 여름맞이 끄적임입니다.

무더운 관계

나의 인간관계는 몇 도입니까?
모든 사람에게 100도의 끓는점처럼
나의 에너지를 너무 타인에게 애쓰고 있지는 않는지
나를 위해 살펴보세요.

무덥고 뜨거운 관계가 있고,
미지근한 관계가 있고,
차가운 관계가 있습니다.
나의 인간관계 온도를
적정 수준으로 조절하세요.

모든 관계를 같은 온도로 설정할 필요는 없습니다.

제일 온도가 뜨거워야 하는 건

나와의 관계입니다.

빗 속에서

푹푹 찌는듯한 더위에
날로 지쳐갈 때쯤
나를 위로하는 건
어쩌면 저 비 일지도

나의 울음소리를 감춰주는 비
나의 눈물을 가려주는 우산
나의 어두운 마음 어두운 하늘

그렇게 비는 그치고

어두운 마음은 지나가 있습니다.

누구에게나 맑은 하늘은 찾아옵니다.

밤에 그리는 꿈의 바다

바닷속 심해 깊이
차가운 물이 내 목을 메어와도
사람들 말소리가 들려온다

해가 다 불타 없어지기 전에
미래를 개척한 삶을 위해
어서 들어가야 한다

저 바다 깊숙이
저 별이 날 비추기 전에
저 안개 속에 꼭꼭 숨어보자

날 찾아낼 것만 같은
매서운 바람이 나를 찾더라도
날 찾지 않게 숨어야겠다

마음은 텅 빈 그릇되어
물 온도는 차갑도록 시리고
그릇들은 자리를 찾기 위한 전쟁이다.

사랑하는 나의 그대에게

알고 싶어요. 그대의 기억 속에 우리
처음 만난 그날을 기억하는지
따사로운 봄바람 같은 그대여

내 마음에 별빛으로 살아주오
우리 이별하지 말자는
서로를 향한 사랑의 날갯짓을 했다오

바다 물결 소리 들으며
그대가 날 위해
사랑의 세레나데를 불러준다오

눈이 부시도록 푸르른 하늘에는
내 마음에 달과 태양이 비춰 오른다오
사랑하는 그대여 우리 영원을 노래하기로 해요.

바다 같은 당신에게

눈에 담긴 오색 불꽃놀이
얼굴을 물들이던
황홀함에 마음을 흠뻑 적시던 밤

모두인 거 같은 바다와 꼭 닮은
당신이 있는 곳에는
푸른 하늘이 있었습니다

그대 곁으로 향하는
낯선 길에는 발 간지럼 태우는 모래알
뜨거운 바다의 윤슬 바라보며

품으로 뛰어들 거예요
예쁘게 바라보아 주던 눈빛이
기억나 용기 내서 바닷가 노을빛

아련할 때 당신 손잡고
오래 있고 싶어요
넘치는 마음이 기적처럼 당신께

닿으면 너그러운
바다처럼 안아 주세요
행복한 기억으로 떠난 것을.

남실바람

보고 싶은 마음에 서둘렀습니다
아지랑이 피는 길 헐레벌떡 늦을세라

송골송골 맺힌 설렘은 숨겨두고
솔개그늘 아래 하늘을 올려다봅니다

쨍한 햇빛

꽃들이 춤을 추면
괜스레 마음도 몽실몽실

당신의 향기가 바람결에 다가와 속삭이면

설레는 마음은 바람 따라 하늘하늘
산뜻한 바람에 마음이 간질간질

화창한 날씨에 기분이 좋은 걸까
당신을 향한 설렘에 좋은 걸까

오늘은 날씨가 좋아서 당신이 더 좋아졌나 봅니다

햇빛이 뜨겁다 여름이 왔다

수박

자꾸만 커지는 데에는 이유가 없다
엉기어 붙어 흙바닥과 얼굴을 맞대고 있기에
뜨끈히 데워진 양지 밑 달큰한 샘물을 마실 수 있다.

참으로 분투하는 삶이 아닐 리 없다
옹골찬 열매가 되기 위하여
밀도 있는 결실이 되기 위하여
돌돌 말린 줄기로 수혈을 받으며 인내하는 것은
하늘에 가까워지기 위하여

그대 쉬이 침묵하지 말라
한 알의 수박조차 소리 없이 쪼개지는 법이 없다
흘러내린 끈적한 붉은 과즙은 기꺼이 그대 생의 증
거 되리니
붉고 여린 속살 들킬 때도 풋풋한 노래하는 수박처럼

수박은 자꾸만 차오르는데
그대는 찬찬히 익어가는데
때 묻은 서글픔은 찌는 낮 반가운 바람 손님에게 맡
겨버리고

허탈한 듯이 외치는 수밖에
아아, 만물이 영글어가는 시절이구나

사랑

그대여 그대는
반가운 미소로 여름을 반기지만
그대여

여름은 그대에게 따스한 햇살을 비추지만
온정의 손길로 그대의 머리를 어루만지지만
어쩐지 퍼붓는 장맛비 그것이 우연일까요
어제의 볕이 오늘은 그늘로 단숨에 변했네요

여름은 그대에게 달콤한 과일을 내어주지만
사계절 내내 기다린 소중한 결실을 거두게 하지만
슬슬 몰려드는 성가신 벌레들 지겹지 않나요
썩어가는 과일이라면 그저 던져 버리면 되겠죠

그대는 여름이 가장 사랑하는 여자
화려한 잎다발이 그대를 훑어 감싸오지만
태양 빛을 내리쬐는 그 여름은 그대를 병들게 하겠죠

숨을 삼킵니다
여름에 물든 찬란한 그대 내음
마냥 싱그러운 그대가 손아귀에서 나가버리고
그저 티끌 없이 맑은 그대 열병 들까 속 태웁니다.

꽃양귀비

이 꽃이 피면 이제 여름이 왔다
뭐 그렇다 이거지비

꽃양귀비라고들 하지
양귀비랑은 다른 거니까 오해는 말고

옛날에 아주 안색이 파리한 아가씨가
이웃이 된 기념이라며 꽃 한 송이를 줬는데
붉은색 꽃양귀비
꽃말이 위안이라더군

그래 그 아가씨가 그해 봄에 양친을 잃었던 거야
고향에서 장례 치른다고 여기까지 이사 와서 고생
하는데
시골 텃세 좀 심해?
그 꼴 보기 힘들어서 내가 좀 도와줬지
이래 봬도 시골 일엔 빠삭하구마

그 아가씨 가냘파도 너무 가냘파서
바람 불면 날아가는 거 아닌가 했다니까
어디로 확 사라질 것처럼 해서
표정도 맨날 뚱하고 뭘 도와줘도 입만 빼쭉이고
꽃 키우기에 열중해서 단 한 번도 곁을 내주질 않아
그래도
눈빛 하나만은 살아있었지
다 쓰러져가는 고목에 붙은 매미처럼
꽃을 바라보는 새카만 눈동자가 어찌나 빛나던지
그 길로 그 아가씨가 예뻐 보이더군 그래

즐거운 나날이었지

참 즐거웠고말고

서울서 이리저리 치이다 도망쳐온 이곳이

천사의 꽃집이 될 줄은 누가 알았겠냐

내가 하도 그 여잘 쫓아다니니까 온 동네 사람들이

마구 놀려댔지라

그것도 그땐 그저 속없이 좋았지비

이다음 해 여름에 그 사람이 온 지 꼭 1년째 되던 날

그 아가씨 나타났을 때랑 똑같이 아주 가버렸어

온 마을에 붉은 꽃양귀비 흐드러지게 펴서 내 맘은

미어지는데

잡지도 못하고 어리벙벙해 있는 나한테 와서는

암말도 없이 씨앗 한 줌 주고는 그 길로 홀연히 떠

났구마

씨앗을 심고 기르면서도 마음이 싱숭생숭했는데

좋든 싫든 여름은 결국 오고 꽃은 끝내 피는기라

한가득 피어난 꼴을 보니 죄다 주홍색 꽃양귀비여

주홍색

꽃말을 몰라 주변에 물어보니 덧없는 사랑이데

그 아가씬 내게 한 송이의 위안을 줬을 뿐인데

내가 피워낸 건 온통 덧없는 사랑뿐인 꽃밭이었네

햇빛이 뜨겁다 여름이 왔다

잠 오지 않는 밤

금요일 아침 같은 생각을 하고 있을 것 같은 사람들 속에서 지하철을 타고 회사로 출근하며 '8시간만 버티자.' 주문한다. 오늘은 왠지 금요일과 버티자는 말이 신데렐라를 무도회에 보내줄 수 있는 비비디바비디부 보다 효과 있는 것 같다.

추울 정도로 빵빵한 에어컨이 나오지만, 그 에어컨의 바람을 뚫어버리는 많은 사람과 그 사람들의 땀 냄새. 나도 다른 사람에게는 거슬리고 땀 냄새나는 사람이겠지? 겨우 빠져나와 회사로 도착하자 얼마 전 기획 개발팀에 새로 입사한 인턴이 인사를 하며 아메리카노 한 잔을 내밀었다. 평소 쓴 아메리카노보다 에이드나 스무디를 좋아하지만, 오늘처럼 이렇게 더운 날은 깔끔하고 시원하면 그만이다.

"파일 잘 챙겨오셨죠? 오늘 부장님 기분 안 좋아 보이시던데…"

깜빡했다. 다행히도 준비는 완벽했었다. 파일이 날아갈까 봐 회사 컴퓨터, 노트북, 핸드폰, 아이패드, USB 심지어 옆자리에 있는 과장님께 메일로도 보내 드렸다. 부장님이 어지간히 깐깐해야지. 회의실로 들어가

"안녕하세요. 기획 개발팀 김예인 대리입니다."

사실 이다음부터 기억이 나지 않는다. 정신을 차리고 보니 "이상입니다."라는 말을 했을 때 부장님은 얕은 미소를 하는 걸 보니 썩 괜찮았던 것 같다. 학교 다닐 때부터 직장을 다니면서 가장 좋았던 시간을 얘기하라고 하면 나는 단연 점심시간과 퇴근시간이다. 먹고살자고 하는 일인데 잘 먹어야지 생각하며 밥 먹는 데 진심이다.

"대리님 오늘도 도시락 싸 오셨어요?"

'아 맞다 도시락…. 아침에 급하게 나오느라 부엌에 두고 나왔었지?'

"아니 오늘은 깜빡하고 안 싸 왔네."

"그럼, 저랑 같이 점심 먹어요! 앞에, 사거리에 냉면집 새로 생겼던데 거기 고기만두가 진짜 예술이래요!"

려욱 씨는 들어온 지 얼마 되지는 않았지만, 적응도 잘하고 싹싹하고 귀엽고 말이 많은 것 같다.

"좋아요. 같이 가요"

사실 학교 다닐 때부터 앓던 병이 있다. 식곤증. 진짜 감기약을 먹었을 때처럼 심하게 잠이 온다.
"오늘도 피곤하지?"

옆자리 과장님이 시원한 녹차라테를 내밀었다.

"감사합니다. 그래도 오늘 금요일이라 다행이에요."

식비도 조금 주고 툭하면 야근에 까다로운 부장님도 있지만 사장님 취미가 카페 투어라서 그러신지 회사 1층 카페에는 스콘에 치즈 케이크에 빙수

와 크루아상에. 디저트 종류도 엄청난데 회사 사원증을 보여주면 우리는 메뉴 상관없이 하루에 2번 무료로 먹을 수 있다. 점심시간 덥거나 추워서 나가기 싫을 때 간단하게 때우기 좋다.

"자 오늘은 금요일이니까 이만 퇴근하지."

부장님이 무슨 일이지?

"아 오늘 부장님 아내분하고 저녁 비행기로 일본 다녀오신다고 들었는데 그래서 칼퇴근 시켜주시나 봐요."

오늘 저녁에는 기필코 혼술을 하겠다 다짐했는데 타이밍도 좋다.

"먼저 퇴근할게요. 수고하셨습니다"

드디어 회사 탈출이다. 려욱 씨가 같이 저녁을 먹자고 했지만, 집에 일이 있다고 하고 먼저 나왔다. 나를 위한 시간을 갖는 것도 집에 일이 있는 거지. 그렇지? 려욱 씨랑 같이 밥 먹는 것도 좋지만 오늘은 혼자 느긋하게 혼자 먹고 싶었다.

"배도 부르면서 안주에도 좋은 게 뭐가 있지? 떡볶이? 피자? 햄버거? 초밥은 좀 아닌가?"

생각하며 걷던 중 달달하고 고소하면서 매운 냄새가 났다.

"닭강정!"

"안녕하세요. 달콤한 맛이랑 매콤한 맛 반반 섞어주시고 떡도 넣어주시고 아! 소떡소떡도 하나 주세요"

"네 잠시만 기다려주세요."

이미 튀겨진 닭을 한 번 더 튀겨주고 달콤한 맛소스가 있는 솥뚜껑에 버무려주고, 매콤한 맛 소스도 넣어주고…. 나도 모르게 침이 꼴깍 넘어갔는데 소떡소떡을 튀기던 아저씨와 눈이 마주쳤다

"허허 아가씨 많이 배고팠나 봐."

"오늘 회사에서 일이 많았거든요. 그리고 여기 소떡이 이 동네에서 가장 맛있잖아요."

"정말? 이야 기분 좋은데? 에이 기분이다 소떡은 서비스로 줄게."

"정말요? 정말 감사해요! 앞으로 닭강정이랑 소떡은 여기에서만 먹어야겠어요."

"내가 더 고맙지 자 여기 있네 돈은 거기 바구니에 넣어줘."

"맛있게 먹을게요. 감사합니다."

소떡소떡을 입에 물고 집에 거의 다다랐을 때 가장 중요한 맥주를 사는 걸 깜빡했다는 걸 알았다.

"어서 오세요."

"집에 맥주가 있었나? 모르겠다. 오늘은 어떤 걸 마셔볼까? 오늘은 소주 기분은 아니고⋯ 2+1? 이건 못 보던 건데 새로 나온 건가?"

흑맥주 별다방 자몽 허니 블랙 티랑 비슷한 맛

"그럼 하나씩 담고 나머지 하나는 닭강정이 달달하니까 흑맥주로 결정"

"혼자 살고 있지만 다녀왔습니다. 에어컨, 에어컨... 집 안이 찜통이네 찐빵 반죽 바닥에 두면 다음 날엔 먹을 수 있겠어."

다들 땀을 흘리고 집으로 돌아오면 씻고 무언가를 하지만 나는 에어컨에 땀을 말리고 무언갈 마친 후 잠들기 전에 씻는 것을 선호한다. 침대 위는 청정 구역이니까. 그리고 무엇보다 닭강정은 바삭할 때 먹는 게 예의이기도 하고. 목이 다 늘어난 반팔 티에 고등학교 체육복 반바지를 입고 굴러다니던 머리끈으로 머리를 질끈 묶고 거실 테이블에 닭강정과 맥주를 세팅했다.

밍밍해진다고 싫어하는 사람도 있던데 나만의 꿀팁을 이야기하자면 큰 둥근 얼음에 나무 막대를 꽂아 얼리고 컵에 맥주를 2/3 정도 따르고 얼음으로 차갑게 만든 다음 나머지를 부어주면 더운 여름날 저녁 이만한 것이 없다.

"드라마는 주말에 몰아서 보면 되니까 예능으로 가야겠다. 신서유기? 아는 형님? 나 혼자 산다? 아무리 그래도 금요일은 역시 신서유기지."

매콤달콤한 안주. 시원한 맥주. 에어컨이 빵빵한 거실. 아무 생각 없이 웃게 해주는 예능까지 완벽한

조화이다. 시원한 맥주를 먼저 마셔주고 달콤한 닭강정 먼저. 바삭바삭한 껍질 속에 촉촉하고 부드러운 다리 살이 입안을 단짠단짠으로 환상을 이루면 난 세상 행복한 것이다.

"별명이 조정뱅이래 ㅋㅋㅋㅋㅋ"

여기에 예능까지. 려욱 씨에게는 미안하지만, 저녁 식사 제안을 거절하길 잘한 것 같다고 생각했다.

"어휴 이제는 춥네."

빵빵하게 틀던 에어컨을 끄고 창문을 살짝 열어보았다. 언덕 위 옥탑방이라 그런가 시원한 바람이 솔솔 들어왔다. 이 집을 처음 봤을 때 낡기도 하고 언덕 때문에 힘들고 교통도 애매했지만, 월세가 저렴하기도 하고 무엇보다 특이하게 테라스 느낌의 베란다가 있어서 좋았다. 봄이나 가을에 바닐라 라떼 한 잔에 스콘을 먹으면서 책을 보는 것도 내 소확행 중 하나이다.

시간이 얼마나 지나고 얼마나 먹고 마셨을까. 나도 모르게 핸드폰을 손에 쥐고 소파에서 잠이 들었다. 누워있다가 모기장을 닫았는지 열었는지 기억이 나지는 않아 일어날지 고민했지만 시원하고 편한 자세를 고치고 싶지 않아 움직이지 않았더니 잠이 들었다.

오늘 한 줄 일기의 제목은 '한여름 밤의 닭강정'이다.

여름의 인사

여름은 태양이 가장 열정적으로 활동하는 계절이다.
따갑게 내리쬐는 햇살이 그리 달갑게 느껴지지 않
던 무렵에 누군가 내게 말했다.

"해님한테 사랑받는 기분이라 좋아."

그제야 알았다.
햇살이 그토록 뜨거웠던 건, 사랑을 베푸는 온정의
손길이 그만큼 컸기 때문이라고.

모두에게 똑같이 뜨거운 인사를 건네는 여름은 사랑이 넘치는 계절이다.

이제는 나도 뜨겁게 타오르는 여름 햇살의 이글거리는 사랑을 사랑해야겠다.

여름은 푸른색

어린 시절, 푸르던 여름 방학에는 할머니의 고향에 자주 놀러 가곤 했다.

할머니의 고향은 별의 반짝거림이 한눈에 펼쳐지는 아름답고 맑은 섬이었다.

할머니의 청춘(靑春)이 깃든 그곳은 할머니의 포근한 품만큼이나 넓은 바다를 안고 시원한 여름을 노래했다.

설레는 바람 하나와 출렁이는 파도를 담은 푸른 바다에 뛰어들면 여름날의 따뜻한 공기는 푸른색으로 바뀌곤 했다.

나에게 여름은 청춘을 닮은 푸른색이다.

우산

있어야 할 게 없단 걸 알아챈 건, 현관문을 열 무렵이었다. 우산, 우산이 없었다. 또 우산을 잃어버렸나. 오늘도 비가 온다고 했는데. 어제의 경유지를 떠올려봐도 통 기억나질 않았다. 손에 붙들려 있긴 했었는지. 어제는 잃어버렸다는 사실마저 잊고 있었던가. 짧게 내쉰 날숨에 허탈함이 역력히 묻어 나왔다. 어디서 잃어버렸을까. 반복된 유실에 자조적인 태도를 떨쳐낼 수가 없었다. 집을 나설 때만 해도 언제까지고 손에 붙들고 다닐 것만 같았는데, 이렇게 잃어버린 우산이 벌써 몇 개째인지. 갈수록 어딘가에 두고 온 우산이 많아지고 있다. 언제부턴가 값비싼 우산을 구매하길 꺼리게 되었다. 이젠 나도 나를 제법 잘 알아서, 어떤 날은 구매하는 순간부터 묘연해질 우산의 행방을 그리기도 했다. 다음번엔 어디서 잃어버리게 될까. 식당, 화장실, 버스와 지하철, 혹은 누군가의 작은 단칸방… 뭐든 간에, 다시 사야겠지 결국. 가까운 편의점에서 우산부터 구매하리라 마음먹고, 모자를 푹 눌러쓴 채 거리를 나섰다.

엉망인 듯한 기분으로 발걸음을 옮겼다. 사유가 없는 유실이, 자꾸만 어딘가에 기억을 툭툭 건드리고 있는 것만 같았다. 우산 하나 잃어버렸을 뿐인데, 나는 왜, 그때 나를 무심하게 두고 간 누군가의 목소리를 떠올리는지. 또렷한 목소리의 형태. 비 냄새. 물기 가득한 여름과 체온을 느끼던 손끝의 감각. 좀처럼 엉망으로 흘러갔던 지난여름을 떠올린다. 이맘때쯤 헤어졌었지. 여름 맡에 다가선 기억들이 소란스럽게 한 이름을 곱씹고 있다. 수없이 반추해 왔던 모습에, 언젠가 시선을 맞대고 한 번쯤 묻고 싶었다. 몇 해 전 당신이 나를 어딘가에 두고 내렸을 때, 당신도 나처럼 애석한 표정을 지었을까. 나는 시종일관 지어냈던 그때의 표정을 잘 잊지를 못하는데, 맞잡을 손이 사라진 이후 당신은 어떤 낯빛으로 시절을 통과했는지. 물음이 될 수 없는 물음. 이젠 도무지 알아낼 방법이 없다. 한 가지 분명한 건, 그 시절의 우린 우리만을 따라다니는 먹구름을 간직하고 있었고, 나는 다만 비를 막아줄 우산이 되어주고 싶었지.

그러다 보니 꼭 궁금해지는 것이다. 지난날 어딘가에 두고 온 우산들의 행방은 어디쯤일까? 이미 잃어버린 것들임에도 전혀 생경하지 않았다. 녹이 생긴 우산, 유독 튼튼했던 우산, 바람이 불 때마다 자주 뒤집히던 우산, 손끝에 자주 상처를 입히던 우산.. 어느 것 하나 잊은 게 없었다. 너무 오래도록 방치되어있진 않았을 테니, 아마 지금쯤 누군가의 손에 붙들려 본분을 다하고 있을 거였다. 손을 떠난지 오래인 것들을 애써 궁금해하는 게 꼭 미련인 것만 같아서, 잠깐 떠올리다가… 이내 그만두었다. 잘 있겠지. 어떤 모양 어떤 형태로든. 가끔은 남겨진 게 나인지 두고 온 우산인지 종종 구분이 되지 않을 때가 있다.

지난한 날들을 지나 어느새 여름을 알리는 입하를 목전에 두고 있다. 며칠간 비가 좀 내리더니 살갗이 제법 축축해졌다. 이별로부터 사유된 계절. 비가 오는 날이면 꼭 울적해지는 게, 어쩌면 슬픔이란 건 수분의 형태를 띠고 있을지도 모르겠어. 당신을 떠나보내며 생각했던 것들이, 공식처럼 정립되어 서서히 여름 맡에 가라앉았다. 여름이다. 또다시 여름이 왔다. 먹구름으로 가득한 하늘은 금방이라도 쏟아질 듯 계절의 초입을 알릴 준비를 하고 있었다. 여전히 내가 키워내고 있는 구름이 많나 봐. 이대로

라면 금세 비가 내릴 텐데. 속절없이 젖어버리기 전에 우산을 새로 하나 장만해야지 마음먹으면서도, 어딘가에 두고 온 그 우산이 자꾸만 명치 즈음을 쿡쿡 쑤시고 있다.

여름

여름은 참 이상하다

계속되었으면 싶다가도 어느새 지치게 되는

마냥 밝아서 좋다가도 습함에 짜증 나게 되는

선선한 듯하다가도 사실은 더운

시작인 것 같다가도 어느새 진행되어 있는

그런 여름이랑 정드나 보다

여름아 제발 오지 마!

에어컨이 없는 나의 7평 집 2.5평 방은 여름만 되면 너무 더워서 잠을 못 이루는 밤이 많았다. 좁디좁은 방에 수많은 옷과 전파상에서 나올 것 같은 텔레비전이 있었는데 조금이라도 틀어서 보면 방에는 여름 폭염 온도와 더해져서 찜질방이 따로 없었다. 침대 또한 없었기에 여름 습도에 찐득찐득한 장판 위 이불 깔고 자면 전혀 보송보송함이란 찾아볼 수 없었다. 그뿐인가 여름에 강수량이 조금 많거나 태풍이라도 오면 작은 발코니에 물이 차올라서 할머니와 이재민처럼 물을 퍼내기 바빴다. 이러니 여름이 싫을 수밖에 없지 않은가?

하지만 계절을 내가 오지 말라 한다고 오지 않는
것이 아니기에 어김없이 여름은 돌아왔다.

형편이 넉넉하지 않아서 에어컨을 살 수 없었고
산다고 해도 전기세를 감당하기가 어려웠다. 우리
집만 없었던 것은 아니었다. 우리 동네 살고 계시는
분들 대부분의 에어컨이 없었다.

더워서 잠이 오지 않을 때는 집마다 문을 열어 놓
거나 집 앞에 있는 놀이터 정자에서 여러 명이 모여
서 이야기도 하고 시원한 수박을 나눠 먹으면서 여
름을 이겨냈다.

지금은 이사를 했고 우리 집에 커다란 에어컨이
있다. 여름이 오면 마음껏 시원함과 보송보송한 느
낌을 즐긴다. 이제는 여름이 와도 두렵지 않다. 여
름아, 제발 오지 마! 라고 외치던 어린 시절과는 세
상이 많이 바뀌었다. 여름이 오는 것에 무덤덤하고

더우면 에어컨을 트는 것이 당연하고 모든 것이 너무나 편한 세상이다.

　그래서 나는 잊어가고 있었다. 수박은 예전의 그 맛이 아니다. 숨이 막힐 듯 더운 무더위 속에서 먹었던 수박의 달콤함을 에어컨을 틀고 먹으니, 맛이 있을 리가 있을까? 이제는 집마다 굳게 닫혀있는 문뿐이고 오고 가는 인사, 곳곳에 모여 부채질하며 정답게 이야기를 나누는 모습은 보이지 않는다. 무더위 속에서 이웃과 정답게 이야기하는 모습, 시원함을 나누는 모습은 나의 회상 한구석에만 있다. 그렇게 싫었던 여름도 돌이켜보면 좋았던 기억이 있었다는 것에 놀랐다. 그래서 앞으로 나에게 일어날 모든 일들은 제발 오지 마가 아니라 오면 극복해 내고 그 속에서 행복함을 찾으며 해결해 나갈 것이다.
　수많은 여름을 보내며….

매미

햇볕 쨍쨍 무더운 여름 매미가 맴맴 운다
수명이 다하기 전 잘 지내라고 인사하는 듯한
힘차게 뻗어나가는 그 소리
듣고 있으니 왠지 모를 감정이 차오른다.

돌아온 여름

무더운 더위가 함께하는 계절 여름

조금 걷기만 해도 땀이 줄줄 흐르는 무더위

속에서도 잠깐이나마 가족들과 둘러앉아

시원한 수박 먹으며 이야기도 하고 힐링하는 그 시

간이

너무나도 소중하다.

준비하지 못한 여름

한 번쯤은 냉국 한 그릇
시원하게 만들어 새참으로 내드리고 싶었는데

주인 잃은 넓은 식탁
이른 여름 알림 비에 가라앉은 먼지만 쌓였어요

하루쯤은 커다란 다라 한가득 받은 샘물
엉겨 붙은 땀 먼지를 말끔하게 씻어드리고 싶었는데

오늘도 긴 여름의 서막을 알리며 세찬 비가 내리고
달아오른 태양이 땅끝으로 푹 고개를 숙이고

내 인생의 여름 태양은
언제나 다시 볼 수 있을지 그리움만 쌓인 채

또다시 여름을 맞이하는 오늘을 살아내며
나만 아직 여름 맞을 준비를 못 했어요
엄마만 혼자 벌써 긴 여름 길을 걸어가요

조심스레 내밀던
당신의 땀내 쩔은 얼굴
여름 냄새 진동하던 당신의 온몸을
자랑스레 맞대어 비비고 싶은데

준비하지 못한 여름 문턱에서
돌아올 수 없는 기다림에 서성이고 있어요.

햇빛이 뜨겁다 여름이 왔다

여름날의 부탁

태양아,

거센 열기를 너무 오랜 시간 뿜지 말아다오

여름 들녘이 달아올라

우리 엄마 여름이 굽어지지 않도록 부탁하네

태양아,

이른 새벽부터 따갑게 노려보지 말아다오

잠시도 한눈팔지 않는 네 눈초리
그늘을 드리워 줄 신록의 푸른 산이 뒤로 자빠질까,
걱정이네

여름을 싫어해도 여름을 마주하는
내 어머니의 오늘이

먼바다에 나가 트인 물결에 설움을 쏟아내지 못해도
높은 산에 올라 묵묵한 숲 사이를 쉬어가지 못해도

뜨거운 여름에도 변함없이 초록의 푸름을 자랑하며
산뜻한 기쁨과 싱그러운 감사로
샬롬이 살아질 수 있도록
더욱 살고 싶어지는 소망이 일어나도록

태양아, 우리의 여름날을 부탁하오.

아흔번째 여름

저녁 어스름,
넝쿨을 타고 화려하게 큰 꽃을 피우는 클레마티스
진한 여름의 향기에 취해 눈을 감으니
마른 빗물의 물줄기가 굳은 길이 보인다

한여름 소나기,
덥고 습해도 여름쯤의 더위는 잘 견디는 만데빌라
깊은 여름의 물살에 떠밀려 눈살을 찌푸리니
뜨거운 열기가 하늘 끝에 맞닿은 갈림길에 선다.

하늘거리는 꽃잎의 레이스 같은 소녀의 감성으로
설레던 여름날의 배롱나무처럼

이제는 안녕 앞에선 아흔 번째 여름을 맞이한 노따
님의 오늘이 빛난다.

햇빛이 뜨겁다 여름이 왔다

포레스트 웨일 공동 작가

햇빛이 뜨겁다 여름이 왔다

초판 1쇄 발행 2024년 6월 10일
초판 1쇄 인쇄 2024년 6월 10일

지은이	노호영 | 신디김채림(수풀) | H. | 꿈꾸는쟁이 | 혈앵무 | 반한별 검정양말 | 박지환 | 한민진 | 김유진 | 문소연 | 김윤지 | 정예은 희열 | 뮬럿 | 박미나 | 노기연 | 유창민 | 미소 | 윤현정 | 지연 사랑의 빛

디자인	포레스트 웨일
펴낸이	포레스트 웨일
펴낸곳	포레스트 웨일
출판등록	제2021-000014 호
주소	충남 아산시 아산로 103-17
전자우편	forestwhalepublish@naver.com

종이책	979-11-93963-15-9
전자책	979-11-93963-13-5

작가님들과 함께 성장하는 출판사
포레스트 웨일입니다.
작가님들의 소중한 원고를 받고 있습니다.
forestwhalepublish@naver.com